Sonho Perigoso

OBRAS DAS AUTORAS PUBLICADAS PELA RECORD

Série **Beautiful Creatures**

Dezesseis luas
Dezessete luas
Dezoito luas
Dezenove luas

Sonho Perigoso

Série **Dangerous Creatures**

Sirena

Tradução
Rita Sussekind

2ª edição

— Galera —
RIO DE JANEIRO
2016

CIP-BRASIL. CATALOGAÇÃO NA FONTE
SINDICATO NACIONAL DOS EDITORES DE LIVROS, RJ

G199d
2ª ed.

Garcia, Kami
   Sonho perigoso / Kami Garcia, Margaret Stohl; tradução Rita Sussekind. – 2ª ed. – Rio de Janeiro: Galera Record, 2016.

   Tradução de: Dangerous Dream
   ISBN 978-85-01-10245-4

   1. Ficção americana. I. Stohl, Margaret. II. Sussekind, Rita. III. Título.

14-10356

CDD: 813
CDU: 821.111(73)-3

Título original em inglês:
Dangerous Dream

Copyright © 2013 by Kami Garcia, LLC, and Margaret Stohl, Inc.

Todos os direitos reservados.
Proibida a reprodução, no todo ou
em parte, através de quaisquer meios.
Os direitos morais das autoras foram assegurados.

Composição de miolo: Abreu's System
Design de capa: Igor Campos

Texto revisado pelo novo Acordo Ortográfico da Língua Portuguesa.

Direitos exclusivos de publicação em língua portuguesa somente para o Brasil adquiridos pela
EDITORA RECORD LTDA.
Rua Argentina 171 – Rio de Janeiro, RJ – 20921-380 – Tel.: 2585-2000, que se reserva a propriedade literária desta tradução.

Impresso no Brasil

ISBN 978-85-01-10245-4

Seja um leitor preferencial Record.
Cadastre-se e receba informações sobre nossos lançamentos e nossas promoções.

Atendimento e venda direta ao leitor:
mdireto@record.com.br ou (21) 2585-2002.

Para velhos amigos, em todo lugar.

ANTES

Ethan Wate

O diretor Harper estava tentando fazer um rap. Eis oito palavras que jamais achei que diria. *Tudo precisa acabar, então vamos lá apertar o Enviar.* Tente tirar isso da cabeça.

Ao me sentar nas arquibancadas durante a formatura da Stonewall Jackson High School — *Ethan Wate* desconfortavelmente colocado entre *Savannah Snow* e *Emory Watkins* por ordem alfabética —, não me pareceu muito o fim de nada.

Eu queria que acabasse. A formatura, pelo menos.

Mas não acabaria — não até a moça gorda ter cantado. Ou, no meu caso, não até a magrela, Srta. Spider, ter conduzido a orquestra da escola. De acordo com o fôlder do programa, seria um medley de Celine Dion.

Com um solo de Emily Ellen Asher, "Her Heart Will Go On... and On and On and On".

Claro que seu coração iria seguir e seguir. Apesar de que seu coração competiria seriamente com o *Titanic* no quesito depressão. Tentei não encontrar seu olhar, mas dava para ver Emily me encarando, ali da letra A.

Eu aguentaria, uma última vez. Era uma tortura, mas eu já tinha passado por coisas piores. Esta era uma tortura estilo Gatlin, e não tortura tipo labirinto-de-ossos-empilhados-de-Outro-Mundo-que-não-chega-a-lugar-algum ou tipo águas-condenadas-dos-mortos-vivos.

O diretor Harper compôs um rap que falava algo sobre encarar o mundo ao redor com coragem — essencialmente, tentando rimar coragem com azorrague, o que não funcionava. Além disso, eu tinha quase certeza de que sua abordagem sobre "encarar o mundo" não incluía enfrentar nada de verdade.

Era um cara mais propenso a sentar e esperar passar.

Senti alívio quando finalmente se sentou após uns bons 22 minutos, mas quem estava contando? Mas, então, nossa representante de turma, Savannah Snow, ficou falando sobre como sentiria falta de provocar Link, e sobre o quanto estava empolgada em se tornar a garota mais popular da Universidade da Carolina do Sul, na grande cidade de Columbia, e sobre como seu papai iria presenteá-la com um novo Dodge Charger por ter se formado sem engravidar, e sobre como finalmente podia admitir que na verdade fora melhor que Emily, Charlotte e o resto das animadoras de torcida desde sempre.

Provavelmente não foram estas as palavras exatas de Savannah, mas eram próximas o suficiente do que estava pensando. Nenhum de nós estava mais prestando atenção. Parecia muito quente e muito tarde para isso.

A boa notícia foi que Savannah não cantou um rap.

Com um calor avassalador destes, era difícil acreditar que a Ordem das Coisas tinha sido restaurada — que a maldição e o caos que quase destruíram o mundo de Gatlin tinham ficado para trás. Uma dívida fora paga. Vivemos tanto tempo na corda bamba que parecia estranho só me preocupar com o calor secando as flores que nossas famílias encomendaram dos Jardins do Éden, cozinhando os botões até que parecessem pedaços de brócolis mortos.

Cerrei os olhos para encontrar meu pai. Ele não me deixou usar óculos escuros; falou que Amma teria se revirado no túmulo se estivesse em um. Mas eu sabia que Amma não daria a mínima caso eu usasse ou não óculos estilo aviador com o capelo e a beca, não onde ela estava agora. Provavelmente estava ocupada demais chateando todos os maridos da tia Prue, ou gritando com minha mãe sobre seus tomates verdes fritos, ou passando o tempo na varanda com o tio Abner. Esse era o Outro Mundo, mas eu não podia esperar que meu pai entendesse.

Quando finalmente o achei, ele estava sentado com minha tia Caroline, que tinha vindo de Savannah para a ocasião. A nova namorada dele, a Sra. English, teve de sentar com o corpo docente, e fiquei grato por não precisar puxar o saco dela hoje. E por não ter de vê-lo beijando-a, por sinal.

Todos tínhamos de prosseguir com calma nesse assunto.

Do outro lado do meu pai estava a família da minha namorada: Ridley, a prima de Lena, usando um chapéu preto de palha do tamanho de uma roda de carro e um vestido da mesma cor tão pequeno quanto um lenço; tia Del, se abanando com um leque de pena de pavão; e os primos de Lena, Reece e Ryan, com óculos escuros redondos combinando. Tio Macon ficara em casa, pois toda a cidade ainda acreditava que estivesse morto. *Longa história.* Mas nossos amigos John Breed e Liv Durand estavam ali para relatar tudo para ele — digo, o pouco que o próprio Boo Radley não poderia relatar de onde estava na grama próximo ao palco, abanando o rabo no compasso da banda.

John acenou da multidão ao me ver, apesar de Liv ter lhe dado uma cotovelada. Não retribuí o aceno.

Tem como isso ser mais longo?, Lena me falou por meio de Kelt, soando tão contrariada quanto eu, mesmo na minha mente. Havia algumas desvantagens em ter uma namorada Conjuradora, como uma maldição terrível e uma mãe mais terrível ainda (*agora no Outro Mundo, outra longa história*), mas também tinha vantagens. Ela possuía muitas habilidades únicas — inclusive a de permitir que ouvíssemos os pensamentos um do outro.

Estiquei o pescoço para vê-la na primeira fila, que ia de A a D. Duchannes, Lena, estava sentada perigosamente perto de Asher, Emily.

Sorri. *Só estou tentando não cair no sono, L.*

Mais cinco minutos disso e acompanho você, Ethan.

Um pensamento mais alto se sobrepôs aos outros. *Acha que podemos nos esconder embaixo das arquibancadas sem que ninguém perceba?* Foi Link, meu melhor amigo e antigo Mortal, que agora era um quarto Incubus. Eu e Lena sempre esquecíamos que ele também conseguia se comunicar por Kelt desde a Transformação. Consequentemente, conseguia aparecer nos momentos mais indevidos.

Saia da minha cabeça, bundão, respondi mentalmente.

Na arquibancada à frente da minha, ele balançou a cabeça. *Ei, não desconte em mim. Diga para sua namorada produzir um pouquinho de chuva. Não estou usando nada embaixo da beca, e minha bunda está suando tanto que parece que fiz xixi na calça.*

Gargalhei. Savannah Snow me encarou.

Calem a boca, vocês dois. Estão começando. É possível que a gente volte para casa antes da meia-noite.

O diretor do conselho escolar tinha começado a ler os nomes.

— Emily Asher.

A Sra. Asher puxou uma rodada histérica de aplausos, que contou com quase todos os Asher num raio de 150 quilômetros de Gatlin. Alguns dos Snow colaboraram, só para constar, mas por se tratar dos Asher, havia mais ou menos a mesma quantidade de pessoas *sem* aplaudir.

Emily marchou para o pódio ao som de "Pomp and Circumstance". Seus sapatos eram como dois arranha-céus amarrados aos pés. Até o cabelo estava mais alto do que nunca, como se ela tivesse sido eletrocutada. O suor fazia a sombra de olho preta escorrer por seu rosto, deixando-a com um estilo guaxinim. Ela definitivamente tinha se esforçado.

Era difícil olhar para Emily, mesmo daqui de trás, da letra W.

Logo que ela pegou o diploma e sorriu para a câmera — Ozzy Phelps, do único jornal de Gatlin, *The Stars and Stripes*, fazia um bico como o fotógrafo da escola —, o canudo se transformou em uma cobra.

Sibilando e chocalhando, a serpente se enrolou no pulso de Emily como uma requintada pulseira de faraó.

Emily gritou, em seguida a multidão berrou — porque a cesta de diplomas ao lado do pódio havia se transformado em um monte de cobras deslizando e se arrastando.

Cascavéis, pelo visto. Um monte delas.

Então o de sempre aconteceu. Muitos gritos. Muito caos. Todos correndo, exceto pelo conjunto da Srta. Spider, que, na confusão, começou a tocar "My Heart Will Go On" outra vez.

Em poucos minutos, a formatura se encerrou. Todos já tinham se retirado.

Todos, exceto a família de Lena, que ficou sentada na fila, parecendo os únicos presentes em um funeral. O mar de cadeiras vazias que os cercava fazia com que se questionasse se a multidão não estaria procurando alguma desculpa para sair de lá.

Meu pai foi procurar a Sra. English no estacionamento, e fiquei de fato aliviado. Não queria ter de explicar para ele a nova situação. Já havia passado os últimos anos explicando coisas demais.

Quando eu e Lena descemos as arquibancadas, fomos na direção da pessoa culpada por tudo aquilo.

E também a única pessoa que não dava a mínima.

— Ridley, juro! — Tia Del tinha sido mais rápida que Lena e parecia querer socar a filha, a infame prima Sirena de minha namorada, que vivia terminando e voltando com meu melhor amigo. Uma boa *menina má* ou uma má *boa menina*, dependendo do dia.

Ridley Duchannes.

Del já estava na metade do sermão quando chegamos. E Ridley não estava a fim de engolir aquilo.

— Ah, por favor. Adoro a forma como uma coisinha dá errado por aqui e todos presumem que a culpa é minha. — Ridley rolou um pirulito vermelho vibrante entre os dedos com unhas igualmente pintadas de vermelho.

Reece revirou os olhos.

Ryan não conseguia parar de rir.

— Viram as caras deles?

Ridley ficou sentada, com as pernas cruzadas, parecendo ter saído de uma espécie de filme em que a menina má não tinha um coração de ouro, afinal. Nem mesmo de lata. Provavelmente havia um grande espaço vazio entre seus pulmões.

— O quê? Ela mereceu, aquela víbora. — Os lábios de Ridley pintados de batom vermelho se curvaram em um sorriso. — Uma cobra reconhece a outra. Mal precisei agir. Aquelas cobras queriam estar ali. Por causa dela. — Assobiou. — Isso sim é veneno. Aquela menina é definitivamente letal.

Link envolveu Ridley com o braço, puxando-a do assento.

— Essa é minha garota.

— Wesley Lincoln! — Ele levantou o olhar e viu a mãe acenando freneticamente da beira do campo.

— Preciso ir — disse ele com um suspiro, beijando Ridley na bochecha. — Sabe como minha mãe se sente quando estou junto ao diabo. — A Sra. Lincoln brigara com minha família e com a de Lena, e agora basicamente mantinha distância. Provável razão pela qual tinha parado à margem do campo em vez de se aproximar e discutir diretamente conosco.

— E usei meus melhores chifres hoje — disse Ridley, enrolando os longos cabelos louros no dedo. Por um instante, eu poderia ter jurado que a tira cor-de-rosa em seu cabelo era, na verdade, vermelha.

Teria sido bolo de chocolate com calda se Amma ainda estivesse aqui. Era nisso que eu pensava deitado na cama, suando e encarando meu velho teto azul. *O bolo do meu jantar de formatura. Devia ter sido de chocolate com calda.*

Em vez disso, foram três pedaços da torta de chocolate e noz-pecã da minha tia Caroline, e, apesar de estar boa, não estava num nível Amma. Tive de comer os três pedaços, ou meu pai e tia Caroline saberiam o que eu estava pensando — que as coisas vinham mudando em Gatlin, e que mudavam cada vez mais todos os dias.

Era hora de ir. Nunca imaginei que fosse ser tão estranho quando esse momento chegasse.

Quando era pequeno, meus pais não me perguntavam o que eu gostaria de ser quando crescesse. Perguntavam para onde eu queria ir. Respondia que *para longe*. Então eles me deram um mapa.

Imagino que fosse uma reação natural em Gatlin, na Carolina do Sul. Nossa cidadezinha era suficientemente longe de Charleston — ou de qualquer civilização, por sinal — para que parecesse um planeta à parte. E, como qualquer bom astronauta, a partir do momento em que aprendi a ler bem o suficiente para estudar aquele mapa, passei todos os instantes acordados planejando como utilizá-lo. Tinha uma caixa cheia de panfletos de faculdades embaixo da cama e sempre disse que iria para qualquer lugar, contanto que ficasse no mínimo a 1.600 quilômetros de distância de Gatlin.

Em vez de ter uma caixa de papéis sobre faculdades embaixo da cama, Link tinha seus planos colados nas paredes da garagem, onde sua banda atual, Meatstik, ensaiava. As bandas que Link idolatrava, como Led Zeppelin, Black Sabbath e os Rolling Stones, já tinham provado que para sair de uma cidade pequena bastavam grandes sonhos e uma banda. Link tinha ambos. Também tinha Ridley e um destino: Nova York.

Graças a Lena, eu passara tempo suficiente estudando nos últimos dois anos para garantir uma bolsa em algum lugar no qual eu realmente gostaria de estar.

Tudo bem... um lugar não tão longe do que ela escolheu.

O que posso dizer? Sou um cara que ama sua garota.

Eu iria aonde fosse por Lena Duchannes, cujo nome lembra chuva; cuja marca de nascença parece uma lua Conjuradora; cujo cabelo ondula quando ela utiliza seus poderes; cujos olhos verde-dourados brilham mais fortes que o sol.

Ela é minha outra metade.

Nos últimos dois anos descobri uma coisa, algo em que jamais teria acreditado antes de conhecer uma Conjuradora e me apaixonado; antes de morrer lutando por nossas vidas contra a mãe de Lena, Sarafine, uma Conjuradora das Trevas; e antes de morrer a segunda vez para salvar o mundo e as pessoas que eu amava, e depois lutar para voltar para eles.

Finais felizes não são fáceis.

Não é suficiente saber que encontrou sua alma gêmea, se você acredita nesse tipo de coisa. Acredito, porque tenho uma.

Você precisa fazer acontecer. Deve induzir o mundo a girar em torno de você e da pessoa que ama. Tem de enfrentar o destino. Tem de lutar, agarrar e se arrastar para perto dela. Não pode deixar ninguém, nada, nenhum motivo — sobrenatural ou não — impedi-lo.

Amor verdadeiro?

Destino?

Seu futuro juntos?

Chegar lá significa recusar todas as dificuldades que o universo apresenta. Significa dizer à Roda da Fortuna que pode ir para o inferno e rolar sobre outra pessoa. Significa não aceitar nenhum dos outros finais que se apresentam.

Significa esperar.

Se Amma estivesse aqui, teria dito que tudo estava escrito. Mas isso só era verdadeiro se a leitura fosse feita por Amma. Ela nos ensinou isso.

O resto de nós tinha de fazer o próprio destino.

Eu e Lena sabíamos disso melhor do que ninguém. Ridley e Link ainda tinham que aprender do jeito mais difícil.

Acho que é mais ou menos aí que essa história começa.

DEPOIS

Wesley Lincoln

Wesley Lincoln jamais poderia ter se imaginado dominado como seu melhor amigo, Ethan, nem por um minuto de sua vida. Nem mesmo quando era cem por cento Mortal, uma mordida e um quarto Incubus atrás.

As coisas com Ridley não eram assim. Eles dois não diziam coisas legais um para o outro; brigavam. Não procuravam formas de se ajudar; competiam em piadinhas e desafios. Não davam as mãos, não faziam atividades rotineiras e não conviviam com as famílias um do outro. Agarravam-se como dois fogos de artifício acesos queimando oxigênio de um mesmo fósforo.

Depois passavam semanas sem se falar.

Era quente.

Tolo, mas quente.

Quando Rid entrava no recinto, Link tinha calafrios. Não precisava olhar para ela. Bastava saber que estava presente. Era como se ele tivesse uma espécie de radar que disparava na presença daquela garota. Certo ou errado. Bom ou ruim.

Talvez fosse uma alergia.

Uma alergia forte.

Espere, isso seria uma forma de dominação? Era assim que deveria ser? Como uma infecção? Como uma planta venenosa ou coisa do tipo?

Link não se incomodava com Ethan e Lena. Eles eram como Beto e Ênio, de Vila Sésamo, e era meio triste ver Beto sem Ênio. Aquelas duas criaturas fofas pertenciam uma à outra, independentemente do que sua mãe tivesse a dizer sobre isso. E ele já tinha se acostumado à presença de Lena, principalmente quando ambos perderam Ethan para o Outro Mundo. Lena era como se fosse sua irmã mais nova. Sua irmãzinha fofa.

Ridley era outra história.

Nada era fácil com ela. Nada era o que parecia ser à primeira vista. Era isso que Link normalmente gostava nela. Rid arrancaria seus olhos e, em seguida, choraria sobre as marcas dos arranhões. Era a pior inimiga e a melhor amiga de si mesma. Ela dificultava tanto a própria vida e a de todos ao redor, que era como um milagre, só que inverso.

Mas ela não é nada parecida com qualquer outra garota que já conheci.

Link a observou do outro lado da piscina. Eles começaram o dia em Ravenwood, mas, depois, ele Viajara com todos para um novo local após o faniquito de Ridley desta manhã, quando decidiu que estava quente demais para não nadar.

Quando Rid metia essas ideias na cabeça, era teimosa demais para deixar para lá. Aí cabia a Link ou Lena resolver, toda vez.

Lena ligou para o centro comunitário e descobriu que a piscina estava fechada por conta de um acidente terrível envolvendo uma fralda, então Ridley insistiu para que encontrassem outro local para nadar.

— Qual é o problema de ficar perto do lago? — perguntara ele.

— O lago não é Saint-Tropez — dissera Ridley.

— Sou um garoto provinciano — respondera Link.

— Saint-Tropez fica em uma província — argumentara Ridley. — E essa província fica na França.

— Bem, você pode Santa Toupear à vontade em outro lugar, pois eu não gosto. — Depois disso, Ridley fez beicinho, e Link cedeu. Claro que cedeu. Isso era tudo que fazia ultimamente. Ele era basicamente um escravo do amor, mas a menina que amava sequer admitia amá-lo de volta. Pessoas já tinham escrito músicas inteiras por muito menos.

Link se virou na espreguiçadeira, puxando a toalha sobre o rosto até a metade. *Um Incubus pegando um bronze. Isso é ridículo.*

Link não gostou, exceto pelo fato de que os biquínis das meninas eram menores, quando nem mesmo havia biquínis. Os homens usavam sungas, que revelavam demais para que alguém pudesse se sentir confortável, pelo menos na opinião dele.

Se tivesse meu próprio país, os homens nadariam de calça. As garotas simplesmente, você sabe... nadariam. Link sorriu ao pensar nisso.

— Olá, Shrinky Dink.

Ele abriu um olho. Ethan e Lena estavam nadando no raso enquanto John e Liv dividiam uma toalha. Ridley "se abanava", o que queria dizer que dois ajudantes de piscina a abanavam enquanto ela tomava goles do que parecia uma limonada em um copo alto.

— *Citron pressé* — disse ela, levantando o copo. — Quer um pouco? Tenho uma jarra inteira.

— Não, obrigado. Vou ficar com limonada mesmo.

— É o que estou tomando, retardatário.

Lena saiu da piscina e pegou uma toalha. Ethan só soltou a mão dela por tempo suficiente para pegar uma para si.

Como eu disse, dominado. Provavelmente até fariam xixi de mãos dadas se os banheiros permitissem. Talvez na França isso seja possível.

— O que vamos fazer hoje à noite, crianças? — Ridley olhou para a prima. — E não tente me dizer que *clube do livro* é uma coisa real outra vez.

Lena revirou os olhos.

— Não inventei isso. Procure no Google ou coisa do tipo.

— *Google?* Certo. Palavra estúpida. Provavelmente está inventando isso também. — Ridley fungou. Gostava de se fingir acima da tecnologia Mortal.

Ethan riu.

— Vamos sair daqui. Começo a trabalhar na biblioteca amanhã.

— Trabalhar? — Ridley soou entediada.

Lena sorriu.

— Ethan vai ajudar Liv e Marian com as prateleiras. Só até irmos embora em setembro. Falei para ele que ficaria por lá amanhã.

— Sinto muito — disse Ridley.

— Obrigado? — Ethan pareceu entretido.

— E quanto a John? Ele não pode ajudar a *ler coisas*? — Ridley nunca dizia nada positivo em relação a John Breed. Nunca dizia nada positivo sobre ninguém, pensando bem.

Por quê?, pensou Link, olhando para ela. Não era como se ela precisasse de mais autoestima. Aquela garota era uma fábrica de estima.

— John está ocupado com tio Macon. — Lena não se aprofundou na questão. — E ele também vai embora depois do verão, você sabe. John e Liv.

Ridley pareceu duplamente irritada.

— Com isso, restamos eu e você, docinho. — Link disse, olhando para ela. — Quer ver um filme em Summerville ou algo do tipo? A corrida de caminhões está em Columbia. Viagem de carro?

— Apenas me deixe dar meu mergulho. — Ridley lançou a ele um olhar fulminante. — Achei que o verão fosse uma coisa divertida. Três dias e já estou num tédio mortal.

— Ahh, não é tão ruim. — Link sentou e olhou para ela, tirando a toalha da cabeça.

— Está falando do seu cabelo? Porque está muito ruim. — Ela ergueu uma sobrancelha.

Link sorriu. Sabia que o cabelo estava arrepiado, e não ligava. *Se você me ama, ama meu cabelo.*

A questão era, ela o amava?

* * *

— Tem uma boate nova aonde quero ir. Sofrimento. É tipo Exílio, só que mais quente. — Ridley havia se decidido. Mas, quando olhou em volta da mesa no restaurante Dar-ee Keen, ninguém estava mordendo a isca.

Lá vai, pensou Link, já cansado.

— Tudo está mais quente, meu amor. Estamos quase em julho.

Ela não ia desistir. Afastou seu milkshake de chocolate com cereja.

— Vamos, pessoal. Só desta vez. Vamos sair dessa cidade maçante e curtir, no estilo Conjurador.

— Porque nosso passeio pelo sul da França não foi o suficiente? — Ethan jogou o resto das batatas fritas em cima do hambúrguer e colocou na boca.

Ele ainda comia como se estivesse tirando o atraso, Link pensou entristecido. *Ou porque seu melhor amigo não pode mais comer*. Era a única coisa de que Link sentia falta em relação a ser cem por cento Mortal.

Disso e de dormir até tarde. Ou simplesmente dormir.

— A França? Isso foi de dia. Estou falando da noite. — Ridley tentou fazer com que sua lógica soasse razoável, mas não estava convencendo Link nem o resto dos amigos.

Ethan balançou a cabeça.

— Acho que não preciso lembrar quantas vezes eu e Link quase levamos uma surra no Exílio. No estilo Conjurador.

Ridley deu de ombros.

— Dois Incubus híbridos, uma Sirena e uma Natural. Você e o Perseguidor Guardião estarão seguros como bebês usando calcinhas plásticas.

Liv pareceu irritada.

— É *Guardião*.

— E o nome daquilo é fralda. — Lena balançou a cabeça.

— Que seja. — Ridley fez um movimento com as unhas cor-de-rosa descartando a informação.

— Eu vou — disse Link, com um suspiro. — Iria a qualquer lugar com você, docinho. Você sabe disso. Se fui a Saint Sei Lá de dia, vou a Sofrimento à noite. Pelo menos o nome já está deixando minha expectativa como deve estar.

— Ah, obrigada, Shrinky Dink. — Ela o beijou na bochecha, e ele a puxou para perto, beijando-a na boca. Beijaram-se sobre a mesa.

Ethan e Lena, assim como Liv e John, resmungaram em uníssono, como sempre faziam. Mas Ridley e Link os ignoraram, como sempre faziam. Então continuaram se beijando, como se fizesse quarenta graus dentro e fora.

Como se fossem morrer assim que o beijo acabasse, e nenhum dos dois se importasse com isso.

Como se fosse o fim do mundo e não houvesse mais ninguém no planeta capaz de separá-los.

Queimaduras de terceiro grau, pensou Link. *É o que isso é. Finalmente.*

Quando Link parou para tomar fôlego, os braços de Ridley o envolviam pelo pescoço e seu batom rosa brilhante envolvia o rosto dele.

— Sério, essa foi a demonstração pública de afeto mais repugnante que qualquer pessoa já testemunhou na história do condado de Gatlin — disse Ethan, afastando o hambúrguer.

— Possivelmente em toda a história — acrescentou Liv.

— É. Nojento — disse John. — Posso ficar com esses anéis de cebola?

Lena manteve o olhar na mesa.

Mas Link os ignorou. Deixou a testa apoiada na de Ridley, sussurrando algo em seu rosto.

Um segredo. Algo em particular.

Algo que deveria ter dito a ela há muito tempo.

— Você o quê? — Ela se afastou como se ele tivesse ateado fogo em sua mecha cor-de-rosa.

Link se sentiu como se tivesse levado um balde de água fria na cara.

— Eu amo você, Rid. A essa altura, você deve saber disso.

— E lá vamos nós — disse Ethan, levantando da mesa.

— Até mais — disse John, pegando os anéis de cebola. Liv e Lena o seguiram para o lado de fora. Sabiam que era melhor não dizer nada.

Os quatro fugiram dali.

Foi como se Link tivesse arremessado uma granada em Ridley, e não três palavrinhas. Não entendia o que aquilo tinha de mais. Mas ela ficou ali o encarando, como se ele tivesse abaixado as calças no meio do restaurante.

Dava para passar um caminhão pela boca de Rid, pensou Link. *De tão boquiaberta que ela estava.*

— Não seja tolo — respondeu ela afinal, sem olhar para ele.

Link passou a mão pelos cabelos arrepiados.

— Bom, não é o que deve dizer quando um cara revela que ama você. — Ele limpou o batom rosa do rosto.

Rid revirou os olhos.

— O que devo dizer? Também amo você? Sabe o quanto isso é ridículo?

— Não. Mas tenho a impressão de que você está prestes a me contar. — Link pareceu chateado. De longe, Charlotte, a única garçonete em tempo integral do Dar-ee Keen, levantou uma jarra de refil de refrigerante. Ele balançou a cabeça.

Agora não. Não quando o inferno está prestes a me engolir.

— Sabe quantos caras já me disseram isso? E sabe quantas vezes eu disse de volta? — Ridley estava se descontrolando.

— Vou chutar "todos" e "nenhuma", a julgar por esta conversa. — Link respirou fundo. *Fique calmo. Acalme-a. Você consegue, cara.*

— Acertou. — Ela estava furiosa, e a raiva revelava seu pior lado.

— Não precisa ser sórdida. Já entendi.

— Entendeu?

— Sim, entendi. Não sou tão burro quanto pensa. — Link deu um peteleco em um pedaço de gelo que derretia sobre a mesa.

— Sério?

Ele levantou o olhar.

— Você não me ama. Não ama ninguém. É uma Sirena. Já ouvi isso tudo.

— Então, por que...

— O negócio é o seguinte, Rid, não é essa a impressão que tenho quando estamos juntos. — Ele tinha de ser sincero. Não tinha mais nada a perder.

— Por favor — disse ela irritada.

Link prosseguiu:

— Preciso ser sincero com você. Acho que você...

— Não diga. — Ela levantou o dedo. Uma ameaça.

— Você me ama. — Ele sorriu porque sabia que era verdade, quer Rid admitisse, quer não. Ele não sabia por que aquilo não parecia mais bastar.

— Falei para não dizer. — Ridley estava se levantando da mesa.

— Não precisa ser tão dura o tempo todo. Não comigo, Rid. — Ele se levantou e foi atrás dela.

As mãos da Sirena estavam contra a porta de vidro do restaurante.

— Eu *sou* dura. O resto é que eu disfarço.

— Está vendo? Você é uma mentirosa. Uma grande mentirosa. — Ele se apoiou contra a parede ao lado dela.

— Não sou nada disso. Não sou grande. Nem mentirosa. — Ela parecia uma doninha encurralada, e ele nunca a viu tão apavorada.

— Não? Então o que você é? — Ele ergueu uma sobrancelha, esperando. Podia passar a noite inteira esperando.

— Sou alguém que está de saída. É isso que sou.

Cumprindo a palavra, ela não mentiu. Antes que Link pudesse falar qualquer coisa, Ridley se foi.

RESULTADO

Ridley

Havia muitas maneiras de esquecer um cara. Principalmente um cara quase completamente Mortal. Principalmente um que era somente parte Incubus, e nem mesmo a parte boa. Principalmente um cara idiota que ficava tentando forçá-la a ser o que não era. Algo impossível de corresponder...

Ridley tentou se esquecer de todas as formas possíveis.

Passeou pela Europa com o coração partido, pulando de país em país da maneira como alguns caras pulam de bar em bar.

Ela conheceu um jogador de futebol italiano bonito em um trem para Otranto e ficou em um castelo nas duas semanas seguintes. *A Florença do Sul*, dissera Marco.

Chega de jantares com sua mãe, dissera Ridley. Nem mesmo em um castelo.

Fez um cruzeiro na costa dalmaciana com Bela, um marinheiro lindo com um iate mais lindo ainda, e juntos foram de Split para Brac, e de lá para Hvar até a cidade murada de Dubrovnik. Os tijolos de cor laranja contra o céu azul pareceram românticos à primeira vista. Depois, a fizeram lembrar-se de Link com seu bronzeado do lago Moultrie.

Em Paris, se cansou de champanhe e ostras, e de Etienne, que foi com eles. Existe um limite para a quantidade de baguetes que você pode cortar na antiga mesa de Ernest Hemingway ou no bar que F. Scott Fitzgerald frequentava à tarde. E o café Les Deux Magots provavelmente queria dizer algo sobre duas larvas, então, qual podia ser a graça?

Berlim era artística; Ridley não. Moscou gostava de sal; Ridley gostava de doce.

Quando finalmente achou que tivesse deixado Gatlin para trás, não foi só Gatlin que acabou.

Todo o verão tinha ficado para trás.

Ridley não sabia como tinha ido parar lá; nem em Nova York nem na Sofrimento. A boate Conjuradora das Trevas não dispunha de álcool ou açúcar suficientes para manter sua mente afastada de tudo de que tentara se esquecer durante todo o verão.

Da única coisa... ou da única pessoa.

Nada ajudava. Ridley estava começando a achar que nada ajudaria, o que a assustava mais do que poderia admitir para qualquer pessoa, inclusive ela mesma.

"Sympathy for the Devil" dos Rolling Stones — a trilha sonora pessoal que Rid adotou depois do deliciosamente trágico baile de inverno da Jackson High — tocou em sua bolsa-carteira.

Ah! Ela não desiste.

Era o telefone. Sua prima perfeita, Lena, meio Luz, meio Trevas, tinha passado os últimos dois meses tentando convencer Ridley a botar uma rolha na garrafa de champanhe e voltar a Gatlin.

Ridley estava farta de ouvir sermões.

— Já mandei mais de cem mensagens e já disse que não vou voltar.

— Uau. Estava esperando um "Oi, Lena. Bom falar com você" — disse a prima. — "Desculpe por ter ignorado suas mensagens e não ter retornado as ligações."

— Não precisa ser tão dramática — respondeu Ridley. — Tenho andado ocupada. E sei que ele está por trás disso. Mas não vou voltar a Gatlin.

Não posso, pensou Rid.

— Link não está por trás de nada. Ele passa o tempo todo na internet procurando apartamento em Nova York. Liguei porque acabou o verão. Eu e Ethan vamos para a faculdade na semana que vem, e Liv e John estão indo para Londres. Pensei que quisesse nos ver antes de irmos.

— Como assim, ele está procurando apartamento? — Ridley sabia o que isso significava. Ele ia sem ela. *Como se pudesse sobreviver uma semana aqui sozinho.*

Lena suspirou.

— Deixe quieto, Rid. Você partiu o coração de Link, e ele passou o verão arrasado. Acho que finalmente aceitou que as coisas nunca teriam dado certo entre vocês. Esqueça o assunto.

Ridley se sentiu como se alguém a tivesse chutado no estômago.

— Como sabe que ele aceitou? O que ele disse?

— Rid, por favor...

— O que ele disse? — repetiu Ridley, aumentando o tom de voz.

— Só que algumas coisas não dão certo.

As palavras doeram mais do que Ridley imaginava que fosse possível.

— Preciso ir, prima.

— Rid...

Ridley desligou antes que Lena tivesse chance de falar. Não voltaria para aquela cidade miserável de jeito nenhum. Já havia passado tempo demais por lá. O problema todo foi esse.

Sempre acontecia alguma coisa — John Breed fugindo com sua prima quando ainda era um dos vilões. Ethan saltando de uma torre de água para salvar o mundo e ficando preso no Outro Mundo. Ridley voltando para casa a fim de enfrentar Abraham Ravenwood e salvar Ethan. Aí Lena implorou para que ela ficasse até a formatura.

— Não vai ser a mesma coisa sem você — dissera.

Que seja.

Ridley tinha fingido que não queria ir, mas secretamente queria ver a prima se formar. Pelo menos uma delas sobreviveu à experiência horrorosa de passar pelo colegial Mortal sem enfrentar a fogueira da Inquisição. Ridley sempre soube que seria Lena. Rid não fora feita para suportar toda aquela insegurança, angústia e babaquice de APS. Amigas Para Sempre? Para Ridley, eram todas umas vacas, falsas e esquisitas.

Mas Lena não foi a única razão pela qual ficou. Ficou por causa de Link, coisa que jamais admitiria para ninguém.

Wesley Lincoln.

Ridley nunca o chamou assim na frente dele, nem na de ninguém. Mas era como pensava nele, com seu sorriso arrogante, sonhos rock 'n' roll e baquetas no bolso traseiro. Com a camiseta desbotada do Black Sabbath, dirigindo um ferro-velho — foi o cara que a cativou.

Aparentemente, foi o único menino que a deixou ir embora.

Algumas coisas não dão certo. Ridley enrijeceu-se ao pensar em Link falando estas palavras. *Depois de hoje, não darão mesmo.*

Ela faria questão de garantir isso.

A fila para entrar na Sofrimento virava o quarteirão. Era a boate Conjuradora das Trevas do momento, superior à Exílio nos quesitos música (bandas ao vivo em vez de um DJ Incubus velho), clientela (feios não precisavam aparecer) e confusão (quanto mais, melhor). Não que Ridley se importasse com a fila, considerando que não tinha a menor intenção de ficar ali... até notar alguns gatos esperando atrás das cordas de veludo preto. Umas espiadelas antes de entrar não fariam mal algum.

Ridley passou as mãos pelos cabelos louros, com a mecha cor-de-rosa que era sua marca registrada, para deixá-lo com uma aparência de acabei-de-acordar-na-sua-cama. Mirou um Incubus de aparência perigosa na frente da fila.

Rid deu uma última lambida no pirulito de cereja e o descartou em uma lata de lixo. Ela não precisava do seu Poder de Persuasão de Sirena para chamar atenção. Hoje à noite, faria aquilo da forma tradicional, com saltos plataforma e pernas longas, com um pouco de brilho labial cor-de-rosa e algo a provar.

Vamos lá.

— Deixe-me abrir para você. — O Incubus quase tropeçou tentando soltar uma das cordas de veludo para que Ridley pudesse entrar na fila ao seu lado.

— Que fofo. Como devo retribuir? — Ela pôs uma mão no quadril e se inclinou na medida certa para ele.

— Tenho de pensar — respondeu ele.

— Loura de saia de couro preta. — O segurança apontou para Rid. — Pode entrar.

Ridley sorriu e jogou o cabelo por cima do ombro. O Incubus começou a segui-la, mas o segurança balançou a cabeça.

— Só a moça.

Ela bateu com a unha longa prateada contra o peito do Incubus.

— Desculpe, Alto, Moreno e Perigoso. Talvez a gente se veja lá dentro.

Ou não, pensou ela.

Ela passou pelo segurança e parou na frente da parede de tijolos.

— Belo truque — disse Rid, olhando mais uma vez para ele antes de atravessar.

A parede era um teste. O segurança era um Ilusionista, e, se você não fosse inteligente o bastante para perceber, então não merecia entrar na Sofrimento.

No interior da boate, luzes penduradas do teto tingiam tudo com um tom mortal de vermelho. A multidão pulsava na pista de dança que pairava pelo ar, três andares acima da cabeça de Ridley.

— Você vai simplesmente me deixar aqui? — resmungou uma menina, a alguns metros de distância.

O cara — provavelmente namorado dela, a julgar pela expressão de culpa em seu rosto — a pegou pelo braço quando ela começou a se virar. Ridley sorriu. A menina claramente não era uma Sirena, como Ridley, mas ao menos sabia como conseguir que o namorado fizesse o que ela queria.

— Tenho de preparar o jogo, amor — disse ele. — É a última noite. Quem ganhar leva tudo.

Ridley se aproximou do bar e da conversa do casal. As coisas estavam começando a ficar interessantes.

— E por que se importa? — Ela se irritou. — Até parece que vão deixá-lo jogar. Eles o tratam como um escravo.

O garoto enrijeceu-se. Foi então que Ridley notou seus olhos. Não eram os olhos dourados de um Conjurador das

Trevas nem os olhos negros de um Incubus. Eram azuis, como os de um Mortal.

— Não é bem assim — disse ele. — Sou da banda.

A menina riu.

— Você é o roadie deles. Não consegue nem entrar no jogo.

— Ninguém consegue entrar no jogo! — gritou ele.

Por mais entretida que Ridley estivesse com a discussão, estava mais intrigada pelo tal jogo misterioso. Parecia exclusivo. Por que ela não tinha ouvido falar disso?

Antes que tivesse chance de descobrir mais detalhes, a namorada Conjuradora do Mortal saiu irritada. Ele socou o balcão metálico polido. O barman estendeu a mão por cima do ombro do Mortal para entregar copos altos a Incubus de Sangue com o drinque da casa, O Positivo.

O Mortal devia estar falando a verdade quanto a estar com a banda, ou aqueles copos estariam cheios do seu próprio sangue. Mortais não eram bem recebidos na Sofrimento; a não ser que fossem moeda de troca para uma das dezenas de substâncias ilícitas disponíveis no Submundo, a parte mais tenebrosa do mundo Conjurador.

Ridley não conseguia parar de olhar para aqueles olhos azuis, perdidos no mar de preto e dourado. No universo Mortal, ele contaria com meninas se desesperando para chamar sua atenção. Mas em um salão cheio de meninos

Conjuradores das Trevas gatos, ele nem sequer aparecia no radar.

A música acabou, e a banda de abertura parou de tocar. As luzes percorreram a multidão até chegarem ao palco e ao vocalista.

— A principal banda da noite dispensa apresentações. Aplausos para os Carrascos do Diabo!

Ridley revirou os olhos. Carrascos do Diabo? Essa foi original. Soava como o nome de uma banda de heavy metal fracassada da década de 1980. Era quase tão ruim quanto o nome da banda de Link, Meatstik. Ela sentiu uma pontada de *alguma coisa* ao pensar em Link, mas afastou-o da mente, uma habilidade que havia aperfeiçoado.

A multidão explodiu em aplausos.

A cabeça do roadie Mortal levantou. Ele passou correndo pela parede de corpos em direção à frente da boate enquanto a banda desorganizada corria no palco: um vocalista do tamanho de um jogador de futebol americano, vestindo calça de couro e com tatuagens suficientes para parecerem uma camiseta; uma mulher baixista com uma camiseta desbotada do Pink Floyd, que tropeçou no cabo do microfone; um menino punk bonitinho com um falso moicano azul e uma guitarra da mesma cor; e um Incubus sentado à bateria usando protetores de ouvidos. Se eram esses os Carrascos do Diabo, o diabo estava se descuidando.

Rid olhou para a porta. Talvez fosse hora de se retirar.

O baterista marcou o tempo batendo as baquetas três vezes uma na outra, e a banda entrou em ação com uma batida trovejante. E, se você ignorasse o baterista fraco, eles eram bons — uma mistura entre Pink Floyd e Red Hot Chili Peppers, para quem curtia esse tipo de coisa. Não era o caso de Ridley, mas, pensando bem, ela não gostava de banda nenhuma. Não mais. Treinara os ouvidos para ignorarem qualquer música; fora a forma de lidar com a agressão que era o Meatstik.

A música pulsava, e ela girou, mirando o teto, e dançou até não conseguir pensar em nada — nem ninguém — exceto em recuperar o fôlego e pegar uma bebida doce.

Enquanto jogava o cabelo por cima do ombro e virava para o bar, uma estranha sensação a dominou, bloqueando o barulho, o calor e a energia na boate.

Alguém a observava.

Ridley tamborilou no balcão com as unhas brilhantes. Se alguém queria dar uma boa olhada nela, a Sirena concederia um minuto antes de usar seu Poder de Persuasão para convencer o dito cujo a socar o segurança na saída.

A vingança é cruel. Ela não pôde conter o sorriso.

Virou-se lentamente, deixando a blusa preta levantar um pouquinho, apenas o suficiente para revelar as bordas da tatuagem Conjuradora das Trevas que circulava seu umbigo. Os olhos dourados se dirigiram para a beira do palco imediatamente.

O Conjurador das Trevas estava completamente parado ao lado da cortina preta pesada que emoldurava um dos lados do palco. Ele encarou Ridley de volta como se os dois fossem os únicos indivíduos do recinto. Era quase tão alto quanto o vocalista Golias, mas este cara não tinha nada de jogador de futebol americano. Parecia mais com uma escultura grega — esguio e musculoso, com feições bem delineadas e pele bronzeada que ressaltava o brilho de seus olhos dourados. Seus cabelos louro-escuros ondulavam ao redor da gola da camisa cinza vestida por baixo do casaco preto justo que parecia usar desde que nascera.

Ele deixou seus olhos percorrer Ridley vagarosamente, absorvendo-a. Desde a longa mecha cor-de-rosa no cabelo, passando pelo decote perigosamente grande da blusa, até as pernas longas, curtiu cada centímetro.

De repente, o lugar pareceu mais quente, e a música, mais alta. Em vez de gostar da atenção, Ridley quis se encolher na multidão e desaparecer. Era uma sensação que só experimentara na presença de Sarafine, a mãe Conjuradora das Trevas de Lena, e de Abraham, o Incubus de Sangue ancião que a prendera em uma gaiola dourada. Aquele que Link e John mataram.

Alguma coisa naquele sujeito ativou seus instintos de fuga. Aquele Conjurador era poderoso, e ele sabia disso.

As mãos de Ridley se contraíram em punhos em suas laterais, e ela o encarou intensamente. Jamais voltaria a permitir que alguém a fizesse se sentir impotente outra vez. Aquele cara não era Abraham nem Sarafine. Os dias de implorar pela própria vida tinham ficado para trás.

O show acabou e a banda correu para fora do palco.

Alguém tocou o ombro de Ridley, e ela levou um susto imenso.

— Mas que... — Ela girou, com os olhos brilhando.

O roadie estava na frente dela, com as mãos levantadas em sinal de rendição.

— Desculpe. Não quis assustá-la.

— Você não me *assustou* — disse irritada Ridley ao caminhar para cima dele, apontando uma unha longa e brilhante para seu peito. — Só não gosto de Mortais me tocando. É uma questão de higiene.

Ele recuou, igualando os passos dela.

— Sampson me mandou aqui. O vocalista da banda. Tenho de perguntar se você gostaria de conversar com ele depois do show.

— Se com "conversar" ele quer dizer transar, não.

O roadie balançou a cabeça.

Estou estragando tudo. Ele vai se irritar. Ele a notou anteriormente. Só está convidando...

Ridley interrompeu-o:

— Para o grande jogo?

Os olhos azuis do Mortal se arregalaram.

— Não. Para um drinque no camarim. Como sabe sobre o jogo?

— Um passarinho me contou, Olhos Azuis. — Ridley retirou o papel de um pirulito. Utilizar seus poderes para extrair uma pequena informação de um Mortal certamente não era o mesmo que utilizá-los para conseguir o que queria de meninos Conjuradores das Trevas. — Agora, por que não me conta tudo sobre isso?

O Mortal encarou os olhos de Ridley, hipnotizado.

— Vão jogar Pechinchas de Mentirosos, um torneio. O vencedor leva tudo.

Pechinchas de Mentirosos era uma espécie de jogo de baralho de blefe numa versão Conjuradora. Só que Conjuradores não jogavam por dinheiro.

— O que está em jogo? — perguntou Rid.

— TFPs.

— Está brincando comigo? — Ridley não devia ter ouvido corretamente.

— Talentos, Favores e Poderes. É o preço para entrar — respondeu ele.

Ninguém mais apostava TFPs. Arriscar poderes e talentos em um jogo era loucura, mesmo que a maioria das pessoas só apostasse o suficiente para perder poderes por algumas semanas. Rid sabia como era perder poderes, e jamais arriscaria se sentir daquele jeito outra vez.

Mesmo assim, sempre havia um jeito de contornar as regras — principalmente para uma Sirena.

Ridley chupou o pirulito por um segundo, em seguida o tirou da boca com um estalo.

— Me coloque no jogo.

A expressão do menino se anuviou com a confusão, e ele balançou a cabeça.

— É impossível.

Ela se inclinou para perto, até que seu nariz quase encostasse no do Mortal.

— Tudo é possível, Olhos Azuis. Se sua vida depende disso.

Se as apostas fossem suficientemente altas, talvez ela pudesse desviar sua mente da única coisa em que não conseguia parar de pensar.

E em como ele a deixou partir tão facilmente.

Ridley jamais tinha visto tanto sangue. Geladeiras comerciais alinhavam as paredes dos fundos da boate. Lá dentro, embalagens plásticas de freezer cheios de sangue encontravam-se empilhados junto do bar, como garrafas de suco de laranja e cranberry.

Rid olhou para as embalagens e para o Mortal.

— Não se importa com isso, Olhos Azuis? — A maioria dos Mortais enfraquecia diante do lado Trevas do mundo dos Conjuradores.

Ele deu de ombros e abriu uma porta de adega no chão.

— É melhor que o que eu tinha me esperando em casa. Ser Mortal é mais difícil do que imagina.

— Não tenho como saber — mentiu Ridley. Ela se lembrava de cada segundo que passou na condição de Mortal, com a vida à mercê de circunstâncias que estavam sempre além do seu controle, e a constante sensação de esperança que a fazia crer que a vida poderia ser diferente. Que ela poderia ser diferente. *Sofrimento seria um nome mais adequado para o mundo deles. O que é um pouquinho de sangue em comparação?*

— Já jogou Pechinchas de Mentirosos, certo?

— Claro — mentiu Ridley novamente. Já havia visto pessoas jogando, o que era praticamente a mesma coisa, e não tinha a intenção de jogar na verdade. Só de ganhar. Ser Sirena dava a Ridley a única vantagem necessária.

Ela seguiu o roadie pelos degraus úmidos e pelo túnel nos fundos. Candeeiros de cristal adornavam as paredes, lançando uma luz suave sobre a água vermelho-amarronzada que batia aos seus pés.

Um rato passou encostando em um dos saltos plataforma de Ridley.

— Que local mais chique.

— É a área VIP dos Incubus — respondeu ele.

Por um instante, Rid tentou imaginar Link em um túnel manchado de sangue decorado com lustres que pareciam pertencer à Mansão Ravenwood. Mas não conseguiu. Apesar de ele agora ser um quarto Incubus, não havia Trevas em Link.

Que idiota.

Chegaram ao fim do túnel e se colocaram diante das portas espelhadas de um elevador.

— Tem certeza de que quer fazer isso? — perguntou o roadie.

— Não se preocupe comigo, Olhos Azuis. Sei o que estou fazendo. — As portas do elevador se abriram, e Ridley entrou.

Um Conjurador encarquilhado com olhos amarelos manejava o elevador.

— Vai subir?

Para onde mais iria?

— Essa coisa vai ao Submundo? — perguntou Ridley.

— Não sei. Tenho subido ao décimo terceiro andar e voltado para cá há um bom tempo. — As portas se fecharam, e o Conjurador apertou um dos dois botões do painel: 13.

— Talvez você devesse expandir seus horizontes e descobrir. — Ridley ergueu uma sobrancelha. Pegou um chiclete, em seguida enrolou o papel e o colocou no bolso do casaco do roadie.

— Não posso — respondeu o Conjurador. — Estou pagando uma dívida.

Ele soava patético, e Ridley não estava com humor para sua história triste. Então o ignorou até o elevador parar e as portas se abrirem. Ridley saltou no corredor. Havia milhares de maços de cigarro vazios colados às paredes, como se alguém em confinamento solitário com nada na vida além de um suprimento infinito de cigarros tivesse decidido ter criatividade — ou tédio mortal.

Rid entendia o que era isso.

Quando ela e o roadie dobraram a esquina, o papel de parede de maço de cigarro desapareceu e foi substituído por um corredor de hotel saído de Las Vegas — verniz preto, espelhos dourados e pinturas no teto em uma fraca tentativa de se fazer um afresco em estilo Michelangelo. Exceto que aquele hotel só tinha uma porta no corredor.

Número 13.

A porta se abriu antes que batessem. O porteiro estava do outro lado. Ridley percebeu que se tratava de um Sibila pela forma como ele a examinou, como se estivesse lendo um livro. Era exatamente como a irmã mais velha de Rid, Reece, olhava para ela cada vez que se viam. Sibilas liam faces e enxergavam seu passado, presente e, às vezes, até alguns fragmentos do futuro. Também conseguiam perceber se você estivesse mentindo, o poder Conjurador que Ridley mais odiava.

— Ela está comigo. — O Mortal apontou para Ridley com a cabeça.

O Sibila não desgrudou os olhos de Ridley. Enquanto ela atravessava a entrada, ele estendeu o braço na frente dela.

— Seus poderes ficam na porta, Sirena.

— Como? — Ridley tentou passar por ele, mas o Sibila não se mexeu.

— Você ouviu. Regras Conjuradoras. Estilo Mortal. — Ele a fitou nos olhos, lendo sua expressão. — Isso quer dizer sem poderes.

Sem poderes.

Ridley olhou para o fim do corredor e engoliu em seco. Não via mais o corredor de maços de cigarro nem o Conjurador murcho que controlava o elevador. Mas sabia que ele estava ali.

Por sorte, Rid sabia também de mais uma coisa. Algo que ninguém na boate, nem no prédio nem no quarto 13 tinha condições de saber — o tipo de coisa que poderia salvar sua vida.

Estava pronta para eles.

Antes de sair da boate, Ridley tinha arrancado do Mortal detalhes sobre o jogo. A vontade de um Mortal não era nada em comparação ao Poder de Persuasão de uma Sirena, principalmente se a Sirena em questão fosse Ridley Duchannes. O roadie falou tudo que sabia. A regra sobre não utilizar poderes e o Sibila na porta para garantir as regras foram as únicas informações valiosas. Mas só precisava disto para descobrir uma maneira de burlar essa regra ridícula.

Tudo dependia de um truquezinho que aprendeu com Abraham Ravenwood no tempo em que ficou presa na gaiola gigante. Agora Ridley estava prestes a descobrir se lembrava corretamente do feitiço.

Fitou no olho do Sibila e sorriu.

— Sem problemas. Eu me despi lá embaixo.

Mesmo ao dizer as palavras, Ridley estremeceu internamente ao pensar nisso. A ideia de que Conjuradores aplicariam por vontade própria um feitiço que temporariamente os privasse dos próprios poderes era uma loucura. Não só a deixaria vulnerável da pior maneira possível, como também a faria temer a possibilidade de os poderes não voltarem quando executasse o contrafeitiço. Após viver como Mortal quando Sarafine lhe tirou os poderes, Ridley não conseguia pensar em nada pior.

Abraham Ravenwood, acho bom que sua bruxaria funcione, seu morto babaca, pensou ela.

O Sibila examinou seu rosto. Em vez de enxergar uma Sirena com o Poder de Persuasão, ele a viu no túnel a caminho da porta, sussurrando o feitiço que a deixara temporariamente sem poderes.

Ele acenou com a cabeça para o Mortal.

— Leve-a.

Enquanto Ridley passava pelo Sibila, ele a pegou pelo braço.

— Isso não é uma brincadeira, Sirena. Espero que saiba o que está fazendo.

Ridley enrolou um pedaço da mecha cor-de-rosa no dedo.

— Sempre sei o que estou fazendo, querido.

Se ao menos isso fosse verdade.

Rid cruzou os dedos no banheiro feminino, recitando o contrafeitiço que restauraria seus poderes.

Vamos!

Enquanto esperava, cada segundo pareceu uma hora.

Em seguida o tremor familiar que começou em seus dedos se espalhou por seu corpo como uma carga de eletricidade.

Poder.

Olá, meu amor. Bem-vindo de volta.

Rid saiu do banheiro feminino para o quarto, que cheirava a uísque, suor e cigarro. Parecia ter sido decorado por Liberace. Ridley não via tanto cetim branco em um mesmo lugar desde o baile de inverno em Gatlin. Uma música dos Carrascos do Diabo tocava na sala ao lado, e, a julgar pela nuvem de fumaça na entrada, era lá que os mentirosos estavam negociando TFPs.

Ridley não esperou pelo roadie para abrir caminho. A primeira impressão tinha de ser forte, e ninguém sabia fazer isso melhor que Ridley Duchannes. Ela entrou no recinto cheio de fumaça, suas plataformas vermelhas exclusivas tocando o tapete branco como se fosse sangue.

Havia cinco mesas pretas de feltro armadas lá dentro, e todos os olhos se voltavam para um Conjurador no centro. O vocalista, Sampson, parou no meio da frase ao avistar Ridley.

— Estou atrasada? — Rid fingiu estar abalada, como se realmente ligasse para que horas o jogo iria começar. Ela suspirou e lançou um olhar de reprovação ao roadie. — O Olhos Azuis aqui é *tão* lento.

Sampson olhou para o roadie, que estava ao lado de Ridley, inquieto.

— Não sabia que mais alguém ia jogar hoje.

Mas você certamente está feliz com minha presença, não está?, Ridley olhou nos olhos dele, transferindo o pensamento para a mente de Sampson.

Por um instante, ele não respondeu, e ela começou a calcular silenciosamente a distância até a porta.

Sampson sorriu.

— Mas estou feliz que tenha vindo.

— Temos uma cadeira vazia aqui. — A baixista da banda acenou com a cabeça para o assento vazio à sua esquerda. A camiseta do Pink Floyd a lembrava de Link, o que fez com que ela desgostasse imediatamente da menina. Pensar em Link era a última coisa de que precisava hoje.

Ridley foi até lá e sentou na cadeira vazia.

— Sou Floyd — disse a menina.

Ridley olhou para a camiseta.

— Que... criativo. — Sorriu de um jeito doce para a menina. — Ridley.

— Que nome interessante.

— Sou uma garota interessante.

O Conjurador no centro da sala bateu na mesa em frente a ele.

— Hora de começar, meninos e meninas. O jogo é Pechinchas de Mentirosos. Um baralho por mesa, e vamos jogar no estilo Mortal. Vão jogar por TFPs: Talentos, Favores e Poderes. Todos registraram suas apostas ao entrar. Uma vez sentados à mesa, não podem mudar nada. O que registraram é o que vão perder.

Ridley não havia registrado aposta. Nem mesmo pensou no que ofereceria se perdesse. A julgar pela aparência deste grupo, a maioria destas pessoas provavelmente gostaria de tê-la como gênio da lâmpada por um dia.

Como se isso fosse acontecer.

O Conjurador continuava falando com os jogadores.

— Todos se despiram dos respectivos poderes antes de entrar, então esta noite será com força total. O jogador à mesa que se livrar de todas as cartas é o vencedor e avança à próxima rodada. O último que sobrar leva tudo.

Ridley queria perguntar exatamente o que iria ganhar ao fim da noite, considerando que não tinha a menor dúvida de que iria ganhar, mas as cartas Conjuradoras já estavam sendo distribuídas pela mesa.

Tudo bem. Vamos lá.

As únicas diferenças entre Pechinchas de Mentirosos e o jogo de cartas Mortal eram que estavam usando um baralho Conjurador e apostando TFPs em vez de dinheiro. Em um jogo grande como esse, os jogadores faziam suas marcações na porta. Por sorte, Ridley evitou esta roubada.

O jogo era simples. Dois jogadores por mesa. A banca distribuía todas as cartas do baralho, em seguida sorteava um nome. Ele puxou o nome de Floyd, o que significava que a baixista tinha de começar e descartar um ás. O jogador seguinte tinha de descartar um dois ou um rei — a carta acima ou abaixo do ás — e quaisquer outras cartas na sequência, se tivessem a sorte de ter alguma delas. O objetivo do jogo era ser o primeiro a acabar com as cartas da própria mão.

Mas tinha um porém. As cartas eram descartadas de cabeça para baixo, de modo que os jogadores pudessem blefar e descartar o que quisessem — pelo menos até alguém se manifestar.

Rid ganhou sem grandes problemas a primeira partida sem sequer forçar os poderes. Ela se aproximou para ver Floyd jogar com um Conjurador usando uma corrente de cachorro no pescoço. O Garoto da Corrente de Bicicleta jogou uma carta que alegava ser um nove.

Floyd tomou um gole da cerveja à sua frente.

— Mentiroso.

Aí o Garoto da Corrente de Bicicleta precisava mostrar a carta. Se tivesse jogado um nove, Floyd teria de levar toda a pilha. Mas se tivesse mentido e jogado outra carta, ele teria de levar o monte.

Não era preciso ser uma Sibila para ler o rosto do Conjurador. Ele se levantou e pegou a própria cadeira, derrubando-a.

— Se acalma aí. — Floyd se inclinou para trás, claramente curtindo o momento. — Você deve ter apostado alto.

— Cale a boca — irritou-se o Garoto da Corrente. — Todo mundo apostou alto.

Menos Ridley.

Ela jogou com Floyd em seguida, que era sua única verdadeira adversária. Todas as outras pessoas eram péssimas, mesmo sem a influência de Ridley. Rid esperou até ser a vez de Floyd antes de fazer sua jogada.

Enquanto Floyd estudava as próprias cartas, Ridley a cutucou com seus poderes. *Você quer blefar nesta rodada e descartar o máximo que puder.*

Floyd hesitou por um instante, em seguida jogou três cartas na pilha.

— Valete. Dama. Rei.

Rid esticou os braços sobre a cabeça, como se tivesse acabado de acordar de um longo cochilo. Então abriu um sorriso grande para Floyd.

— Mentirosa.

Floyd pareceu surpresa e piscou algumas vezes antes de responder.

— Merda. Acho que não vou voltar a me transformar no Roger Waters tão cedo.

Floyd claramente era uma Ilusionista, como o irmão idiota de Ridley, Larkin. Seu irmão usava os poderes para fazer coisas ridículas, como ficar com mulheres. O fato de que Floyd usava os dela para fazer com que as pessoas achassem que era o vocalista do Pink Floyd era ainda mais patético. Ridley jamais conheceu um Ilusionista que criasse ilusões dignas de serem vistas — exceto se a mãe de Lena, Sarafine, estivesse no seu pé.

Após mais uma rodada, Ridley não tinha mais nenhuma carta na mão. Ridley acompanhou o progresso dos jogos ao redor. Marmanjos eram reduzidos a bebês chorões diante de seus olhos enquanto perdiam tudo, desde o uso temporário de poderes até a perda permanente de talentos. Ela anotou mentalmente cada perda: um Necromante que iria precisar passar muito mais tempo com os vivos; um Mutante que não conseguiria transformar água em gelo por no mínimo seis meses; um poeta Conjurador que teria dificuldades em encontrar uma rima em um livro infantil; e um punhado de perdedores nada marcantes.

Sobraram três jogadores: Ridley, Sampson e o fraco baterista da banda. Ela nem mesmo perdeu tempo decorando seu nome.

Quando Ridley se aproximou da mesa destinada aos jogos finais, Sampson puxou uma cadeira para ela. Ele ia jogar contra o campeão da partida entre Ridley e o baterista, o que significava que seria o próximo a perder para ela.

De perto, Sampson era ainda mais alto do que ela imaginara. Tinha mais de 2 metros, se Rid tivesse de adivinhar. Tinha a postura fisicamente ameaçadora de um Incubus sem os olhos negros absortos, uma feição compartilhada por todos os Incubus. Os olhos também não eram verdes ou dourados como os dos Conjuradores. Eram cinza metálicos, emoldurados por delineador preto que o fazia parecer ainda mais perigoso, como se não dormisse há dias e não se importasse com isso. Ele obviamente estava usando lente de contato colorida, o que era hipster demais para o gosto de Ridley.

Link teria zoado esse cara.

Ele estendeu uma mão tatuada.

— Sampson.

O cara se parecia mais com Golias.

— Ridley.

Ele sorriu.

— Eu soube.

— Hoje ou antes? — perguntou Rid, o que não foi totalmente brincadeira.

— Sou Ace. — O baterista, e seu rival, a encarou do outro lado da mesa como um leão encarando carne crua. Ela ia gostar muito de derrotá-lo.

— Claro que é. — Ridley revirou os olhos.

— Agora, se todos resolveram quem vão levar para casa hoje, temos um jogo a jogar — disse a banca, cortando o baralho.

Rid o viu embaralhar, o rei de sangue e o ás de fogo passando entre seus dedos. Floyd e o punk bonitinho com o falso moicano azul estavam atrás de Ace.

Durante as primeiras rodadas, ninguém se pronunciou enquanto os dois jogadores se estudavam. Ridley estava deixando o tempo passar, esperando pelo momento certo para fazer sua jogada. Também estava testando as águas, determinando exatamente quanto teria de empurrar Ace. Quando ele hesitou por tempo demais após jogar duas cartas no monte, Ridley o incentivou. *Dá para se safar jogando mais uma. Vá em frente.* Em poucos segundos, descartou.

Na rodada seguinte, ele cometeu um erro fatal e jogou um beijo para ela.

— Sete. Oito — disse Ridley, jogando as duas últimas cartas de cabeça para baixo na pilha de descarte.

Ace lançou a ela um de seus sorrisos pervertidos.

— Não estaria mentindo agora, estaria, meu amor?

Os olhos de Ridley se estreitaram. Ela tolerava quando Link a chamava assim, por ser Link e por as coisas serem... complicadas entre eles. Mas aquele babaca não a chamaria de amor e sairia ileso.

— Está me chamando de mentirosa, ou apenas perguntando? Digo, ou tem colhões ou não.

A banca reprimiu uma risada.

— Alguém deveria lhe ensinar a se comportar como uma dama. — Ace irritou-se.

Ridley se inclinou, um pedaço do sutiã vermelho aparecendo sob a blusa, e olhou para o baterista de segunda bem nos olhos.

— Já cuido disso. Assim que alguém lhe ensinar a agir como homem.

Ace a olhou como se quisesse incendiá-la.

Ridley encarou seus olhos dourados. *Sabe que estou mentindo. Vá em frente. Pode me chamar de mentirosa.*

Ele só levou um segundo para reagir.

— Mentirosa.

Ela se inclinou para trás na cadeira, saboreando o momento.

— Você deve ter apostado alguma coisa muito grande para ter conseguido chegar até a mesa das mocinhas. O que vai perder se eu virar as cartas e tiver um sete e um oito?

Floyd estava atrás da cadeira de Ace.

— Merda.

Sampson olhou para a companheira de banda.

— O que ele apostou?

A cor deixou o rosto de Ace, como se tivesse acabado de descobrir o que Floyd já havia intuído. Ridley não estava mentindo.

Floyd balançou a cabeça.

— As baquetas.

Ridley entendeu na hora. O baterista ruim tinha apostado o talento — pelo menos, o pouco que tinha. Se perdesse, não poderia mais tocar. O que não seria uma grande perda, aos olhos de Ridley.

Ela virou as cartas, uma de cada vez.

Sete de estrelas e oito de lâminas.

Ace saltou da cadeira, e Sampson arrancou Ridley da dela antes de o baterista virar a mesa.

— Sua vaca!

A banca acenou para um dos seguranças no canto da sala.

— Tire-o daqui.

Apesar de Sampson tê-la salvado, parecia quase tão irritado quanto Floyd, que andava de um lado para o outro, praguejando baixinho. O menino punk com o falso moicano azul a encarou e sussurrou algo para Sampson.

— Recomponham-se, senhoritas — gritou a banca para todos os que restavam no recinto. — Temos mais uma partida para disputar.

Ridley tentou parecer nervosa, mas o medo não era uma emoção que sentia com frequência. O esforço era exaustivo, e ela sentou à mesa de feltro. Havia muito dinheiro em jogo, o suficiente para garantir seu hotel cinco estrelas favorito em Barbados por muitas semanas. Perto o bastante para visitar alguns parentes e longe o bastante para obter serviço de quarto 24 horas e causar sérios estragos.

Ela estava tentando se lembrar do nome do hotel com as cabanas — aqueles com chefs de cozinha particulares — quando a banca sentou com um baralho novo.

— Conhece as regras. O vencedor leva cinquenta mil e uma parte das apostas.

Uma parte dos TFPs — era isso que ele estava dizendo. Sampson estava sério agora.

— Está pronta, Rosa?

Ela o encarou com frieza.

— Definitivamente, Golias.

Não falaram mais nada enquanto as cartas deslizavam sobre a mesa. Rid não tinha percebido o quanto Sampson era bom até agora. Ele definitivamente estava contando as cartas, o que era uma boa estratégia para quem não tinha o Poder de Persuasão de uma Sirena ao seu dispor.

Ridley blefou algumas vezes, testando seus poderes em Sampson da mesma forma como fizera com o baterista perdedor.

Sampson precisava de mais incentivo.

Não vai falar nada nesse descarte. Há muito em jogo para você entregar o ouro.

O gigante Conjurador olhou ao redor como se tivesse realmente ouvido sua voz, então fez exatamente o que ela queria.

A onda inicial de esconder seus poderes já tinha passado, e Ridley estava ficando entediada. *Hora de acabar com isso*, pensou ela.

Em algumas rodadas tanto Ridley quanto Sampson estavam com apenas uma carta. Sampson a estudou com seus olhos cinza metálicos, esperando a sua vez.

— Segurem o jogo — disse uma voz grave atrás dela.

A banca colocou a mão sobre a pilha de descarte.

— Segurem as cartas.

Que merda era essa?

Quando Ridley se virou, o cara da Sofrimento — o estranho lindo que ela viu a encarando do canto do palco — estava na porta.

— Você chegou atrasada — disse ele. — Acho que não temos registro da sua aposta.

Sua aposta.

Ridley nem sequer considerou o que apostar, levando em conta que a vitória era garantida.

— Não sei. O que quer?

O Conjurador foi em direção a ela. Quando chegou à sua cadeira, se inclinou até Ridley sentir seu hálito no pescoço, e sussurrou ao seu ouvido.

— Como? — Não devia ter ouvido corretamente.

Não pode estar falando sério.

Desta vez, a boca estava tão próxima ao ouvido de Ridley que ela sentiu os lábios tocando sua pele. Não tinha como confundir o que ele disse.

Ridley estremeceu, e arrepios subiram por seus braços.

— Como se eu fosse concordar com isso — descartou ela, tentando manter a calma.

— A meu ver, você não tem escolha. — Ele foi até a parede na frente dela e se apoiou. — Todo mundo precisa registrar a aposta antes de jogar, ou a casa escolhe. — Ele não tirou os olhos dela. — Regras da casa.

— Diga a ela, Lennox — disse Floyd.

Ridley mexeu no cabelo com indiferença.

— Bem, não sabia nada disso. Então tenho certeza de que podem abrir uma exceção.

Lennox — quem quer que fosse — a olhou longamente.

— Não posso fazer isso. Vai ter de jogar essa.

Havia algo de estranho na forma como falou, mas Ridley não sabia dizer exatamente o quê.

— Tranquilo.

Não havia nada tranquilo sobre a situação. Apesar de Ridley saber que podia manipular o resultado do jogo, aquele cara, Lennox, a deixava desconfortável. Ele não parecia o tipo de pessoa que arriscaria qualquer coisa em um jogo de cartas, principalmente se não tivesse certeza de que ganharia.

Exatamente como eu, pensou ela. *Então acho que ele encontrou uma adversária à altura.*

— Voltemos ao jogo — disse a banca, tirando as mãos da pilha de descarte.

Rid esperou até que a atenção de Sampson estivesse voltada para ela antes de agir. *Blefe. Ela nunca vai saber.*

Ele hesitou, como fizera na última vez em que ela aplicou seus poderes nele. E, em seguida, jogou.

— Rei.

— Mentiroso — pronunciou Ridley lentamente.

Lennox se aproximou das mesas com os braços cruzados sobre o peito. Sampson mordeu o lábio.

Pobrezinho.

Ridley mal notou quando ele virou a carta — até alguém engasgar. A carta Conjuradora estava no topo da pilha de descarte.

Rei de destino.

Ridley não conseguiu conter a surpresa.

— Não. Não pode ser.

— Por quê? Porque você usou a canção de Sirena? — perguntou Lennox.

Parecia que o chão tinha afundado sob ela. Como ele sabia? E, mais importante, por que diabos não funcionou?

— Não se preocupe, Pequena Sirena. Não está perdendo o jeito — disse Lennox, como se pudesse ler seus pensamentos.

— Como soube? — Rid engasgou as palavras, ainda em choque.

— Sabia a noite inteira. — Ele não respondeu à pergunta.

Ridley encarou Sampson do outro lado da mesa.

— Ele colocou alguma espécie de Feitiço em você, não foi? Para que meus poderes não funcionassem.

— Não precisou — respondeu Sampson. Sorriu, pela primeira vez aquela noite. — Seus poderes não funcionam em mim.

A mente de Ridley estava a mil. Desejou ter a fivela de cinto de escorpião do amigo John Breed para poder se desmaterializar e Viajar como um Incubus.

— Que espécie de Conjurador é você?

Sampson a olhou com aqueles olhos cinza metálicos.

— Não sou um Conjurador.

Ele não podia ser um Incubus puro-sangue. Não havia como esconder os olhos negros de um Incubus por trás de um par de lentes cinza.

— Então o que você é? Alguma espécie de Incubus híbrido?

— Não. — O canto da boca se curvou em um sorriso. — Sou outra coisa.

Lennox se colocou atrás de Sampson.

— Ele é um Nascido das Trevas.

— E que merda é isso? — Ridley não fazia ideia do que ele estava dizendo.

— Quando a Ordem das Coisas foi quebrada, as coisas mudaram — disse Lennox. — Você deveria prestar mais atenção ao mundo à sua volta.

— Andei muito ocupada — respondeu ela calmamente.

Mas, por dentro, estava começando a entrar em pânico.

Ridley se levantou, com os joelhos trêmulos, e olhou para Lennox.

— Vocês trapacearam, então o jogo não vale. A gente se vê. — Ela começou a se retirar, e os seguranças a cercaram.

Lennox passou entre os seguranças e se colocou diante de Ridley. Pôs uma mecha cor-de-rosa atrás da orelha da menina.

— Não. Você trapaceou, Pequena Sirena. Agora vai ter de pagar a dívida que tem comigo.

— Você não estava jogando.

Lennox sorriu.

— Sampson estava jogando para mim. As dívidas dele são minhas, assim como os ganhos.

Ridley se lembrou do que ele havia sussurrado ao seu ouvido — o que queria dela — e sentiu náuseas. Não poderia.

Nunca.

Ele passou gentilmente o dedo no rosto dela e nos lábios.

— Nos vemos em breve.

Quando ele chegou à porta, parou e virou-se, olhando para ela.

— Quase me esqueci. Vou abrir uma nova boate em Nova York, e esta vai ser a banda da casa. — Olhou para os integrantes dos Carrascos do Diabo.

Ridley o encarou sem expressão.

— E o que tenho com isso?

— Você me deve um baterista. E é bom achar algum antes de a boate abrir — disse Lennox. — Em Pechinchas de Mentirosos, o vencedor faz cobrança das apostas quando quer. Vou cobrar essa agora. É melhor estudar as regras antes de jogar na mesa das mocinhas.

Ridley tentou manter a expressão indecifrável.

Lennox deu uma piscadela.

— Até a próxima.

Ele desapareceu pelo corredor, e Ridley ficou com o olhar estarrecido.

A aposta.

Um baterista.

Nova York.

Ela franziu o cenho.

Até para ela, isso era cruel.

Calma.

Ridley enrolou uma mecha do cabelo cor-de-rosa.

— Acho que conheço o cara certo.

Teaser:

Canção de Sirena

Só existem dois tipos de Mortais na cidade atrasada de Gatlin, na Carolina do Sul — os burros e os encurralados. Pelo menos é isso que dizem.

Como se existisse outra espécie de Mortal em algum lugar.

Por favor.

Por outro lado, só existe um tipo de Sirena, independentemente do lugar do mundo para o qual se vá.

Encurralados, não. *Arrogantes?* Talvez.

Burros? Nunca.

Poderosos? Alguma dúvida?

Sem falar no fato de que são poderosamente quentes. Quentes no nível *queimaduras de terceiro grau*, se quiser

ser exato. Pergunte ao meu meio-que-ex-namorado, Link. Ele se queimou mais que qualquer pessoa.

Sei bem. Em geral sou eu que estou segurando o fósforo.

É tudo uma questão de perspectiva, e eis a minha: já me chamaram de muitas coisas, mas independentemente de tudo, sou uma sobrevivente — e, apesar de haver mais do que alguns Sobrenaturais burros, não existem sobreviventes burros.

Considere meu histórico. Sobrevivi a alguns dos maiores Conjuradores das Trevas e criaturas que já existiram. Suportei *meses* da Stonewall Jackson High School. Além disso, sobrevivi a milhares de péssimas músicas de amor compostas por um Mortal sem noção que se transformou em quarta parte de Incubus igualmente sem noção — e que, por sinal, não é o melhor dos músicos.

Por um tempo, sobrevivi à vontade que eu mesma tinha de escrever para ele uma canção de amor.

Isso foi mais difícil.

Esta posição de Sirena é para ser uma via de mão única. Pergunte a Ulisses e ao correspondente a dois mil anos de marinheiros mortos se não acredita em mim.

Não escolhemos assim. É a sorte que recebemos, e você não vai me ouvir reclamar disso. Não sou minha prima Lena.

Ela nasceu para ser Luz. Eu para ser Trevas. Respeitem as equipes, pessoal. Pelo menos aprendam as regras.

Vamos esclarecer uma coisa: eu *tenho* de ser a vilã. Sempre vou decepcioná-lo. Seus pais vão me odiar. Você não deve torcer por mim. Não sou um bom exemplo.

Não sei por que todos parecem se esquecer disso. Eu nunca esqueço.

Meus próprios pais me deserdaram depois que as Trevas me Convocaram como Sirena na minha Décima Sexta Lua. Desde então, nada nem ninguém me perturba.

Sempre soube que meu encarceramento no sanatório que meu tio Macon chama de Mansão Ravenwood seria uma parada temporária a caminho de coisas maiores e melhores, minhas duas palavras favoritas. Na verdade, isso é mentira.

Minhas duas palavras favoritas são as do meu nome: Ridley Duchannes.

Por que não seriam?

Claro, Lena leva todo o crédito, por ser a Conjuradora mais poderosa de todos os tempos; em outras palavras, a Rainha da Perfeição. Isso não faz com que *eu* seja menos excelente. Nem mesmo o namorado dela bom-demais-para-ser-verdade, Ethan "o desobediente" Wate, que, tipo, derrota as Trevas em nome do amor todos os dias da semana.

Que surpresa.

Eles deveriam ter o próprio programa de auditório Conjurador. Poderiam fazer intervenções e transformar corações de Trevas para o bem em vez do mal, e seriam tão populares quanto Oprah.

E esse festival meloso é a razão pela qual meu nome contém minhas duas palavras preferidas no mundo.

E daí?

Jamais tentei ser perfeita. Acho que isso já deveria estar claro a essa altura.

Como cristal.

Fiz minha parte, joguei o jogo, até ajudei no que foi preciso. Apostei o que não tinha e blefei até conseguir. Link uma vez disse que *Ridley Duchannes está sempre jogando*. Nunca disse isso a ele, mas estava certo.

O que há de errado nisso? Sempre soube que preferiria jogar a assistir das arquibancadas.

Exceto por um jogo.

Tinha um jogo do qual me arrependia. Pelo menos, um que lamentava ter perdido. E um Conjurador das Trevas para o qual lamentava ter perdido.

Lennox Gates.

Duas apostas.

Era tudo o que devia a ele, e foi suficiente para mudar tudo. Mas estou me precipitando.

Tudo começou muito antes disso, com um par de tesouras de jardim enfiadas no peito de um Incubus. Havia dívidas de sangue a pagar — apesar de, desta vez, o pagamento não ser de responsabilidade de um Conjurador ou de um Mortal.

Ethan e Lena? Liv e John? Macon e Marian? Danem-se. Não se tratava mais deles.

Tratava-se de nós.

Eu deveria ter sabido que não acabaria tão fácil. Nenhum Conjurador cai sem lutar, mesmo quando você pensa que a luta acabou. Nenhum Conjurador deixa você correr para o pôr do sol em um unicórnio branco, ou na lata-velha que seu namorado chama de carro.

Qual é o final de um conto de fadas Conjurador?

Não sei, porque os Conjuradores não têm contos de fadas — principalmente os das Trevas. Esqueça o pôr do sol. Contarei como todo o castelo foi incendiado, levando consigo o Príncipe Encantado.

Ensinarei como transformar aquele príncipe em um sapo e o ouro em palha — bem a tempo de os Sete Anões encarnarem o modo ninja e o expulsarem do reino.

É assim que funciona um conto de fadas Conjurador.

O que posso dizer? A vingança é cruel.

Mas a questão é:

Eu também sou.

Este livro foi composto na tipologia Minion Pro,
em corpo 13/20, e impresso em papel off-white,
no Sistema Cameron da Divisão Gráfica
da Distribuidora Record.